KB002530

사
랑
은

詩
時
하
다

사랑은 詩詩하다

초판 1쇄 발행 2019년 5월 20일

지은이   이민정
펴낸이   조전회
펴낸곳   도서출판 새라의 숲
디자인   박은진

출판등록 제2014-000039호(2014년 10월 7일)
팩스   031-624-5558
이메일   sarahforest@naver.com

ISBN 979-11-88054-13-8 02810

이 도서의 국립중앙도서관 출판시도서목록(CIP)은 서지정보유통지원시스템(http://seoji.nl.go.kr)과
국가자료공동목록시스템(http://www.nl.go.kr/kolisnet)에서 이용하실 수 있습니다.
(CIP제어번호: CIP2019016824)

• 이 책은 저작권법에 따라 보호받는 저작물이므로 무단 전재와 무단 복제를 금합니다.
• 잘못된 책은 구입하신 곳에서 바꾸어드리며, 책값은 뒤표지에 있습니다.

사랑은 詩時하다

이민정 감성시문

새라의숲
SAERA FOREST

자 연 과
친 해 질
시 간 을
만 나 다

나의 언어들이, 누군가에게, 반복해서 먹어도 질리지 않는 잘 익은 김치처럼 맛 좋은 글이었으면 좋겠다. 계곡의 바람이 겨울을 재촉하고 있고 이제 곧 눈이 내려 쌓이면 내가 옮겨 온 이곳에 고립무원의 아름다움이 펼쳐질 것이다. 소심한 걸음으로 20분만 내려가면 버스정류장이 있으니 출입에 특별한 문제가 생길 것 같지도 않은데 벌써부터 엄살을 피우는 내게 나무들이 속삭인다. 이제야말로 우리와 친해질 시간이라고.

맞다. 이제야말로 나는 자연과 친해질 시간을 만났다.

외장하드의 곳곳에서 기억조차 희미한 시간들이 튀어나올 때마다 깜짝 놀라고, 부끄럽다 자책하며, 그럼에도 불구하고 서두르지 말자는 다짐과 함께 매일을 보낸다. 볕 좋은 날들과 고요한 밤을 벗 삼아 시간을 정리하는 일만으로도 하루는 짧다. 자연과 친해지

려면 자연스럽게 살아야 한다는 것을 이곳에 와서 깨달았다. 구름
이 바람의 손을 빌어 산자락에 그림자를 그리듯이 나도 그렇게 시
간을 흘려가고 싶다.

당신과 함께.

2018 겨울, 용문.

感性詩文
감성시문

오늘
그대가
어디를 가고
누구를 만나고
무엇을 하는지
나보다 더 궁금해 하는 이는
세상에 없답니다

#초대

30년 전에 잠깐 뵈었던 어머니의 친구를
우연히 길에서 다시 뵈었지, 신기했어
그 먼 발치에서 잠깐 스쳤는데
솜털이 보송보송했던 어린 아이였던 나를
어찌 찾아내고 알아보고 불러 세우셨을까?

10년 전에 소개 받고 그 뒤로 몇 번 스쳤던 남자
희한하다 싶었지, 얼굴 한 번을 제대로 안 봤던 것 같은데
얼핏 생김새와 목소리가 기억난다라는 말이
황당하기도 하고 어이없기도 했지만
사람이 살다보면 어떻게든 만나지나 싶더라

한 걸음만 떼면
바로 닿을 듯
가까이 사는
널
보는 건
이렇게도 어려운데 말이야

#만날 수 없는, 만나지지 않는

내가 말했던가요?

사랑한다고?

아마

잠시 술에 취했거나

많이 외로웠거나

잘 살아보고 싶다는 욕심이 생겼거나

바람이 불었거나

비가 왔거나

눈이 왔기 때문일 거예요

당신도

그랬었지요?

#외로운 거리

#사랑

하고 싶은 일을
하고 싶은 말을
매 순간
떠올리며 웃다가

하지 못한 일을
하지 못한 말을
매 순간
떠올리며 울게 된다

서로의 사생활에 깊이 관여하지 않고
때로 모른 척, 그저 스치듯
적당한 거리를 두고 적당히 물러서서
몸이 원하면 서로 맞물려 있고
귀찮다 싶으면 떨어져 있고
타인의 시선에 붙잡히지 않는 자유
속박이라 여기는 그 무엇도 없이
그야말로 so cool
나이 든 여자에게 걸 맞는
누구도 손해 볼 일이 없는
그 따위 사랑

너나 열심히 해

#접근금지

해봐야 별 것 없겠지 하다가
이대로는 곤란하지 싶어
어쨌든 한 번쯤 이라는 말과 함께
나름의 기대를 가졌었는데
처음부터 짐작했던 그대로
재주는커녕 눈치도 없었다는 걸 알게 해준 것

쏟아내고 싶은 막바지 감정 몇 개
토해내고 싶은 고통들 몇 개
그런 것들에 대해 생각하고
내일은 아프지 말자 다짐하고
이 밤에도 잠들지 못하면서
별다를 것 없는 미래와 악수하는 것

#늘 그자리

온몸이 저려

손끝과 발끝이 제멋대로 움찔하기도 하지

가슴은 뻐근하고 등줄기는 서늘해

가끔 어디선지 모를 기운이

머리까지 타고 오르기도 하고

또 가끔은 무엇인지 모를 것들이

기운을 빼앗아 가버리는 바람에

축 늘어지기도 해

울컥 눈물이 나고

괜한 웃음과

이유 없는 한숨도

너 때문에

#開花

고급화된 말장난
속 내 깊숙한 앙큼함
눈빛으로 말하는 플라토닉
시.의.적.절.한 절제와 인내
나름 애쓰고 감추려 해도
가장 가까이에서 나를 비웃는
솔직한 심.장.박.동.

#조준

살아간다는 것은 사랑했다는 것이고
사랑했다는 것은 그리워한다는 것이며
그리워한다는 것은
어딘가에 그대가 있다는 것이다

연분홍빛 속살의 벚나무 아래
위로만 차오르는 저 불빛처럼
나도 그대에게 님 바라기 하나니

살아간다는 것은 사랑한다는 것이고
사랑한다는 것은 마주하고 있다는 것이고
마주하고 있다는 것은
그대 또한 살아가고 있다는 것이다

#습작의 발견

#꽃잎

숨죽여 일어나
활짝 피었다가
덧없이 지는
저 꽃도

이보다는 덜 공허하리

그때
너의 이름은 기쁨이었지
어디서 들어도
누구에게 들어도
들릴 때마다 몽글몽글
가슴 안에서 몽글몽글
손끝을 타고 나오는 시가 되어 몽글몽글
예쁘고 예쁜 글씨로 몽글몽글

그때
내가 너를 사랑했던
그때
내가 너의 눈 속에, 가슴 속에, 품속에 있던
그때

#연인 1

All or Nothing

채워지지 않는 아주 작은 부분으로
모든 것을 허물어 버리는
너무나 미세하고 소소한 감동으로
모든 것을 채워버리는

숨죽인 눈빛
부드러운 손길
따뜻한 포옹

길게 이어지는 마음의 통로를 지나
마침내 마주 잡은 손으로 전해지는

사랑, 서로의 이름

#다른 세상

어디에서 왔는지 알지 못한다

어느 순간 전신을 점령하고

열병에 들뜬 듯 허공을 넘나드는

시공을 초월한 생각과 느낌과 가슴 속의 언어들이

오직 한 곳으로만 집중하고 집중하여

존재하는 모든 것을 무의미하게 만들면서

또한 모든 것을 의미 있게 만드는

그 솔직함과 대담함을

어디서 배웠는지 기억나지 않는다

#꿈

누구도 알지 못하는 세계가
자기 안에 자리를 잡아
무엇으로도 열 수 없는 굳게 잠긴 금고가 되어
모든 것으로부터 격리되어지는 순간
그 순간이 바로 사랑의 정점

들리지 않고
보이지 않는
한 사람만을 위한 노래가 흐르는 곳
깊숙한 곳에 숨겨진 심장의 비밀을 알게 된다

사랑이다

나와 다른

그러나 가까운

때로는 나보다 더 사랑스럽고 애처롭고

때로는 나보다 더 밉고 안타까운

그 누군가와

밥을 먹고, 잠을 자고, 서로의 등을 떠밀고,

장난을 치고, 소리를 지르고, 입을 삐죽거리고,

아양을 떨고, 엄포를 놓고, 깜짝 놀라게 하고, 머리를 헝클고,

의논을 하고, 충고를 하고, 짜증을 내고, 슬쩍 들키지 않게 혼자 웃고,

텔레비전의 리모콘을 두고 몸싸움을 벌이고, 베개를 던지고,

열이 나는 이마를 짚어 주고, 언 손을 녹여주고,

이유 없이 토닥거리다 이유 없이 웃는,

뻔하고, 남다를 것 없고, 지루함이 묻어나는 일상조차도

그 누군가가 너라면

그래서 행복하다면

#동상이몽

나는 그래
다 잊었다 생각하고
어느 틈엔가 기억나지 않는 고통에 대해 안심하지
깊이 사랑했으므로 더 많이 아팠다는 것을
남다른 기대가 더 큰 상처를 남겼다는 것을
너라서
다름 아닌 너라서
숨쉬기 어려운 시간을 참아냈다는 것을
깜. 빡.

등 뒤를 지키고 서 있는
그 서늘한 칼날
이미 잊었다 싶은
다시 떠올리고 싶지 않은
그것으로 인해
흠칫 흠칫 놀라면서도

나는 그래
다 잊고 살자 다짐하고
다 잊었다 고집하고
다들 그리 산다 위안을 해
이걸 사랑이라고 믿으면서

#태풍전야

#노을

노을이 붉다
타오르는 것들의
주홍빛 열정

내 심장 속의 붉은 꽃
그대

시로도
노래로도
말할 수 없는
그
무엇

#달팽이

꿀떡

그대에게 드린 말을 나도 모르게 삼켰습니다

속으로 삼킨 말이
제대로 소화되려면
사나흘은 걸릴 텐데
그 동안의 불면을 감당해낼
그리움이란 놈을
적당하게 먹어줘야 할 것 같습니다
부작용을 없애려면
기다림도 약간 섞는 게 좋겠지요

한.번.만.더.
돌.아.봐.줘.

거기 내가 있을게

#버리다

잊었다 하고

그 때 잡았던 손을
그 때 마주했던 이마를
그 때 기대고 있던 어깨를
그 때 귀를 대고 들었던 심장의 박동을

잊었다 하고
돌아서서

너는 내가 있어야 웃는다고
너는 내가 있어야 행복하다고
너는 내가 있어야 살 수 있다고
너는 내가 있어야 너로 사는 거라고

잊었다 하고
돌아서서
한참을 우네

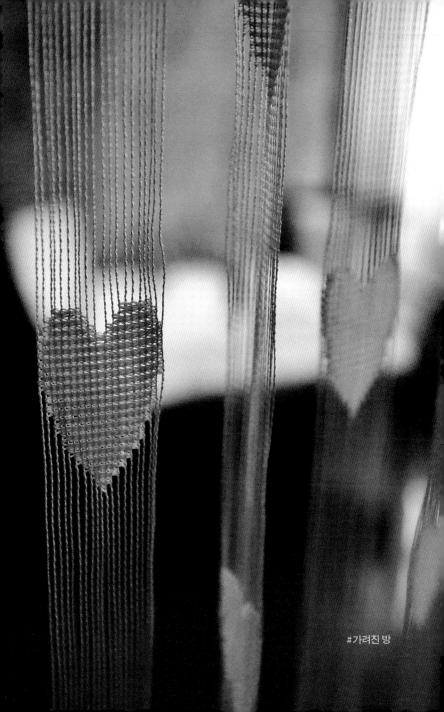

#가려진 방

읊조리던 모든 말들이
공허한 말장난이 되어서
부끄러운 얼굴로 밟히고
속 끓일 과거사로 버려지니

내게도
네게도

이런 인연이었으면
시작도 안 했어야 했다
후회만 남아
조가비 몸 숨기듯

점점 더
안으로

이제 듣지 말자
이제 건너지 말자
이제
더는

#희망

#여름

들 때나
날 때나
허락 없이 제멋대로이거나
지지부진 느려 터지거나

넌 내 꺼야

이 말이
달콤하게 들린다면
당신 또한
여지없이

#꽃

#마징가

멋대로 가늠하지 말 것

자.아.도.취.와 자.아.발.견.을

정확히 구분할 것

될 대로 되라, 포기하지 말 것

어떻게 되겠지, 방치하지 말 것

절대로

먼저

등을 보이지 말 것

사랑했으므로

가능하면 이별하지 말고

혹여 하게 되더라도

부끄럽지 않게 할 것

나는 오늘 밥알을 씹으며 당신을 생각했어요
밥알로 만들어진 피가 내 몸 속을 흘러가는 것처럼
당신에게 흘러가는 밥알이 되어 당신의 몸속으로 흘러가는
내 피를 생각했지요
그런 생각을 하면서 씹다 보니 밥알에서 단물이 아닌 핏물이 흘러요
달달하니 씹을수록 감칠맛 나는 밥알이
찝찔한 비린내를 풍기며
입 안을 붉게 물들이고 심장을 헐떡거리게 하고 창자를 꼬이게 해요
미처 걸러내지 못한 앙금들이 서걱서걱 서로 부대끼다
단물이 되어 흘러요
눈물이 되어 흘러요
뜨겁고 설운 피로 흘러요

#덫

기억나지 않는 것을 억지로 기억해내려 하지 마라
슬프지 않은 것을 억지로 슬퍼하지 마라
아프지 않은 것을 억지로 아파하지 마라
돌아선 이의 등을 향해 의미 없는 눈물을 던지지 마라

사랑은 또 온다

#개천

다시

다시라는 말처럼
어려운 말이 또 있을까?

아무리 힘겨웠어도 모두 이겨내고
아무리 미웠어도 모두 참아내고
아무리 아팠어도 모두 잊고

다시
사랑하는 것처럼
어려운 일이
바보 같다 싶은 일이
다른 도리가 없는 일이

또 있을까?

#시작

한 사람쯤은
당신 마음속, 거기
깊은 곳에만 있는
잘 보이지 않아도
분명히 그곳에 있는
만져지지 않고
가늠할 수 없는 그것
보지 않고도 아는 사람이
있어야 해
적어도 한 사람쯤은

그 사람이 나였으면 좋겠다

한 사람쯤은
당신 머릿속, 거기
복잡하게 뒤엉켜 있는
엉킨 실타래 같은
끝이 보이지 않아도
막연하게 붙들고 있는
가느다란 빨간 실
드러나지 않아도 느끼는 사람이
있어야 해
적어도 한 사람쯤은

그 사람이 나라고 믿는다

#시선

\#별

당신의 이름을 떠올리는 것만으로도
내가 행복해진다는 것을 믿을 수 있나요?

#신호

한때 푸르렀으니
지금은 고요하게 쉬고 싶다
고백하는 나무들처럼
끝없는 것이
위대한 것은 아니라고 가르치는
겸손한 하늘처럼
움직일 수 없음에
슬퍼하지 않고
꼿꼿한 등뼈로 선 다리처럼

네가 내게 이르지 못할 때
내가 네게로 이르지 못할 때
우리는 혼자여야만 한다
혼자서도 사랑할 수 있어야 한다
그리하여
밤을 지키는 자가 되어도
외롭지 않아야 한다

아,
이 사람이구나! 하고
첫눈에 발견하진 못했지만
그래,
이 사람이었어! 하고
마지막을 함께 할 수 있다면

#연인 2

본격시문
本檄詩文

지도 위에서 길을 잃다

가야 할 길을 모르는 것도 아니요
멈춰서야 할 때를 모르는 것도 아니요
돌아서야 할 때를 모르는 것도 아니니
아는 그대로 믿는 그대로
그저 걸어만 가도 되었을 것을

살포시 흐리는 어둑어둑한 안개에 취해
어린 잎사귀처럼 보드라운 주문에 취해

위로, 아래로, 그 어딘가로
눈은 떴으나 보이지 않고
귀는 열렸으나 들리지 않는

이대로 가면 진.입.금.지.
이대로 가면 위.험.지.역.
이대로 가면
이대로
가면

웃으며 헤매고 다니는

내 길

지도 위에 없는

지도 밖에도 없는

길이 아니어도 내게는 길이라 여겨지는

#외로움에게1

겨우 함지박만한 슬픔

참기 위하여
접시를, 컵을, 나를 닦는다

뽀득 뽀득 뽀드득

보기 좋게 부풀어 오른 거품이
함지박만한 설거지통을 채우다
폭삭 꺼져 들어가는 동안
접시 하나에 밥벌이의 비루함을
컵 하나에 늙어감의 서러움을
겨우
함지박만한 슬픔에도 휘청거리는
이 초라하고 역겨운 허영을

뽀득 뽀득 뽀드득

참아 내기 위하여
견디기 위하여
지난 것은 모두 쉬웠고
지난 것은 모두 편했으며
지난 것은 모두
라고

잊고 살고 싶어도 잊을 수 없는 것들을
하나씩 떠올리며
어설픈 희망에 길들여져서
겨우
함지박만한 슬픔 따위에도
녹록하게 보이는
만만한 나를
기를 쓰고 닦는다

하고 싶은 말

당신에게 하고 싶은 말이 많다
지나온 시간들 속에 숨어서 우는 자잘한
서러움, 외로움, 고통, 결핍, 우울,
기타 등등
보여줄 만큼 보여주고
들려줄 만큼 들려준 것 같은데
아직도 내 안엔 할 말이 차고 넘쳐
좋은 것들은 아니지 라고 생각하니
그럼 나쁜 것들인가 싶네

나이 먹으니, 그래, 말이, 자꾸만 아까워진다
한 번 하고 버려지는 말
한 번 듣고 잊어지는 말
두 번 세 번 들어도 기억나지 않는 말
어제는
오늘까지는
그러나 내일은 떠오르지 않는 말
꽃들에게, 바람에게, 당신에게

하고 싶은 말이 많다

아까운 말들, 버리기 싫어 쓰고
차마 잊을 수 없는 말들, 잊기 싫어 쓰고
말하라고, 말해보라고, 재촉하지 말고
그저 읽어주길 바라면서 쓴다
어제는 미워했다 쓰고
오늘은 사랑한다 쓰고
내일은 행복하자 쓴다

시로 쓴다

처음처럼

나는 쓴다
'처음'이었음에도 불구하고
'처음'이라 부르기 힘든 것들을 위로하기 위해
그것들의 경직된 고통에 관해서
또 그것들의 어설픈 실수에 관해서
그리고 결국 그것들이 사라져가는 삶에 관해서

어색하고 부자연스러운 순간은 순식간에 지나간다
부끄러움이 사라진 불편은
곧 어떤 용기 앞에서
내 손과, 발과, 묵직한 엉덩이 밑의 은밀한 욕망 앞에서
서슴없이 무너지면서도
파도에 쓸려가는 모래처럼 말간 얼굴로 웃는다
웃게 된다

인생이란 것이 본디 그렇다
이를 테면 언제나
처음은 있으나 처음으로 불리기를 거북해 하는
그 처음들의 부끄러운 고백이
바닥에 떨어져 밟히다 쓰레기가 되기도 하고
그 속에서 꽃이 피어나기도 하는 것이다
꽃이 피어난 처음은 운이 좋은 처음이다

비 오는 밤
처음으로 돌아가기 위한 수순을 밟는다.
그도 처음이었고
나도 처음이었던
우리의 처음은
스무 살, 우리가 따로 겪어냈던 수많은 처음들 위에서
혹은
서른 살의 처음과 마흔 살의 처음들에 둘러싸인 채
같은 이름의 소주 한 잔과
질펀한 취기들에 뒤섞인 주정들과

밤길을 비추는 24시의 네온사인들과
뜻 모를 질문들로 이어진 꿈과 함께
일어섰다 넘어지고 깨었다 잠들기를 반복한다

그럴 수만 있다면, 이라고
정말로 그럴 수만 있다면, 이라고 쓰고
처음으로 돌아갈 수 없다면,
처음처럼 살아갈 수 있기를, 이라고 쓰고
나는 웃는다. 다시 처음이다

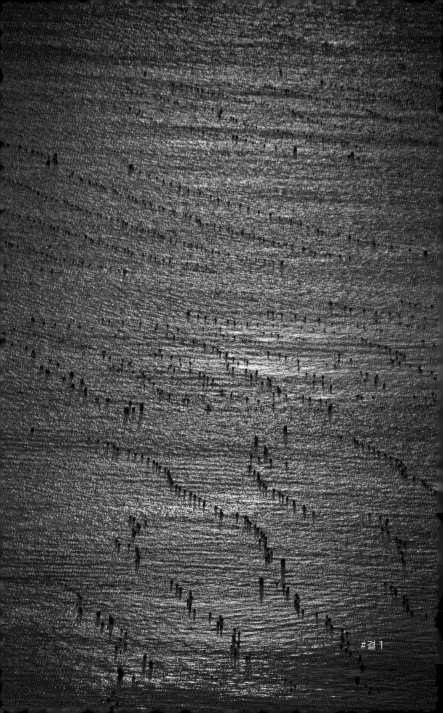

#결 1

#결 2

#결 3

#결 4

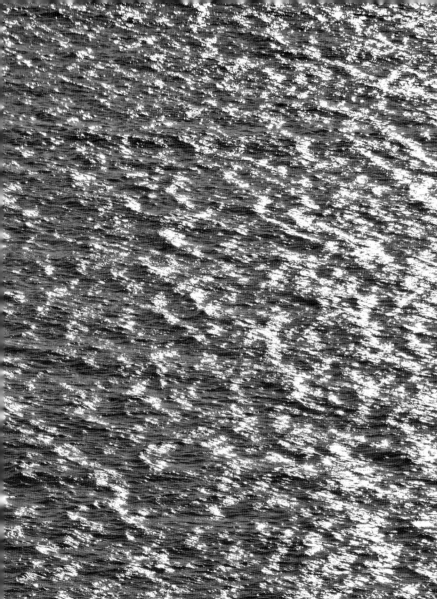

시간은 돌아온다

구부러진 길이 알 수 없는 미래를 가르쳐 주는 것만큼
모든 것을 깊이 통찰하는 지혜도 그와 함께 존재한다
사각이 아닌 원
정지가 아닌 순환
해가 지면 달이 뜨는 것이 삶의 정해진 이치

모든 것은 끝나고
모든 것은 되돌아온다

공허하게 사라지는 관계
별처럼 빛나는 추억
바람처럼 지나간 인연
넘을 수 없는 벽을 천천히 돌아서
빛과 그림자만이 존재하는 세계를 품고
너 아니면 내가 될 수 없는 사랑을 하고
이유 없이 분주한 일상을 살고

그러다 문득
마주하는 찰나의 기억 속으로
시간은 돌아온다

#결 5

#결6

어머니

봄날의 아침 같은 내 어머니
어머니 하고 부르면 입 안 가득 침이 고여요
검버섯 앉았다 서글퍼하시는 그 손으로
세끼 밥상 옹골지게 차려내 나를 키웠지요
철철이 태어나는 땅의 생명들로
늘 새로운 나를 만들어내고요
어머니가 만든 나는 건강하고 아름다워요
나쁜 사람 되지 말고
착한 사람 되라고
울지 말고
웃으라고
어머니가 부끄럽지 않게 살라고 했지요
수다 끝에 건네진 이름 하나 하나
기억하고 묻고 대견해하고 안타까워하면서
어느새 나는 어머니가 되고
어머니가 내가 되어 같이 늙어 가네요
봄날의 오후 같은 내 어머니
어머니 하고 부르니 바람이 시원해져요

어느 날은 야단맞고 울다 잠도 들었는데
어느 날은 이마를 쓸어내리는 서늘한 손바닥
매끈하지 못한 그 손바닥 촉감이 아파서
더 많이 울었는데
또 어느 날은 몰래 우는 눈물 때문에
넓기만 했던 그 등이 한 없이 작아도 보였는데
나는 오십이 되고
어머니는 팔십이 되고
우린 이렇게 같이 늙어가네요
어머니처럼 살기 싫다 했지만
어머니처럼 살고
어머니에게서 벗어나고 싶다 했지만
어머니 그늘이 제일 편안한 딸로 늙어가요
봄날의 저녁 같은 내 어머니
붉은 얼굴 감추며 거뭇해지는 노을처럼
서로에게 녹아들어
누가 어머니이고 누가 나인지 모를
그런 날을 사네요

그래서 참, 좋아요
내가 어머니의 딸이어서 정말 좋아요

#초록별

쓴다는 것

고착화되어 떨어져 나가지 않는 우울과
이도저도 아닌 生에의 집착과
어설프고 같잖은 고독과
덧칠해져 두꺼워진 분노와
망연자실, 눈물, 비탄, 비겁에 찌든 한숨을
푸른 모니터 가장자리 노란색 상자
네 안에 차곡차곡, 꾹꾹,
폴더, poem
치워 버리고 나면 내가 죽을 것 같아
차마 치우지 못하는
늘 그 자리에서만 맴돌면서 옷을 갈아입는
상위폴더, MINE

#쓴다는 것

책나무

#시인의 집 1

나의 가난한 법詩

누군가는 서너 알갱이
또 누군가는 수십 알갱이
그리고 어느 누군가는
수백, 수천의 법詩를
물에 불려
파종을 기다리는데
싹이 날 것도 있고
그냥 죽어 버릴 것도 있고
또 어떤 것들은
누군가의 손에 이끌려 제 모습을 잃고
그저 살아남기도 하더라

내가 뿌린 법詩들이
싹을 틔우고 군을 이루어
고개 숙이며 여물어 가다
가을 낮, 한철의 추수 때에
우수수 단으로 묶여 팔려나가
누군가의 밥상에 차려지길 소원해

맛있게 씹어지길 소원해

구린 뱃속 깊이 들어가 소화를 돕고

모든 걸 다 준 똥으로 다시 돌아오길 소원해

그리하여 올 봄에 파종되어지는

여전히 가난한 볍詩들에게

새로울 것 없어 힘겨운 볍詩들에게

당당한 희망이었으면 해

수백, 수천의

제 모습을 잃고 날아다니는 볍詩들과 헤어져

땅으로 내려와 물 속 깊이 고개를 쳐 박고

흙과 섞이길 소원해

\#시인의 집 2

분리수거

쓰다
버린
가구들이 모여 있는 곳에
나를 내놓고
멀찍이서 보고 있자니
허름한 리어카를 끌고 온 할아버지
뒤적뒤적, 용하게 골라낸다

길게 흉터가 났지만 잘 빨아들이는 청소기
날짜 지난 화려한 잡지들, 신문들
공허한 빈 병들
힐끗, 잠시 머물다가 나를
지나서

자잘한 비닐들을 묶고
찌그러진 플라스틱들을 묶고
누군가의 땀내 섞인 이불 한 채

빈 리어카에 꽉 들어찬 내일이 떠난다

그의 눈이 나와 마주쳤을 때
웃어나 줄 걸
그의 눈이 나를 지나쳐갈 때
불러나 볼 걸

잘 찾아보면
쓸모 있는 구석이 있을 거라고
버리기 아까운
'아직'이라는 볼품없는 희망
던져나 볼 걸

Hello, Mrs.有

당신 남편의 새벽 귀가 길은 덜 조여진 나사못 같아
바깥쪽으로 돌리면
금시 풀릴 것처럼 위태롭고
안쪽으로 돌리면
숨통을 막아 심장이 터져버릴 것만 같은

그의 불안은 당신의 근심이 되어
차갑게 식은 된장찌개 속으로
굳어져가는 계란말이 속으로
시큼해져가는 김치 속으로
사라지질 않고 천천히 스며들어

이런 것도 생활이라고
무작정 내다 버릴 수는 없는 거겠지
아직 어린 아들의 웃음도 있고
커가는 딸의 수줍음도 있고
미처 펴워보지 못한 당신의 열정도 있고
반백의 미래에 대한 보장도 껴워져 있는 거겠지

말끔하게 차려진 식탁의 건너 편, 빈 의자는
주인이 누구인지
아마도 추억이
당신과 그의 젊은 날 추억이
손톱만큼 밖에 안 남았어도
당신 심장을 파고드는 추억이
주인이겠지

버려졌다고 여기고
그저 자리만 지키고 있는
당신과 의자와 그 옆에 곁들여진 나
분명히 여기 있는데
아무도 없는 것 같은 투명한 존재감

2월

들어봐요
봄, 눈 녹는 소리, 사륵사륵 사르륵
두툼한 이불 밑에서 꼼지락거리는 발처럼
작고 귀여운 씨눈들의 재잘거림

들어봐요
며칠 후, 재 너머 계곡에
눈 녹은 물이 닿을 때쯤
남풍이 마실 왔다 눌러 앉을 거라는 소문

#비춤.1

#비춤3

#비춤 4

담

언제부터 거기 있었는지

새벽이 아프게 느껴졌던 날
핏발이 서도록 울었던 날
벽돌 한 장을 금으로 그어놓고
더 이상은 넘어오지 마세요
라고

그저 그것뿐이었던 것 같은데

어느새

이렇게 높아져 버렸어
단단하게 자리를 잡고
나를 가두네

담 너머
아직
네 세상이라고
속삭이는 소리로 가득한데

언제쯤
나는

습진

허물을 벗는 것들은 대부분 뼈가 없어
꼿꼿하다 믿었던 등뼈도 자취 없이 사라진 마당에
무엇을 더 기대하느냐 했지만
손톱보다 더 얇고 가느다란 틈
그 사이로 도대체 무엇들이 들어간 것일까?

이럴 줄 알았다는 듯이
미리 알고 기다렸다는 듯이
엄지에서 검지로
검지에서 중지로
중지에서 약지로
…
왼손에서 오른손으로
그러다 심장으로

벗겨진 허물 밑으로
바알갛게 상기된 분홍색 속살을 드러내면서
한껏 부풀려진 가슴에 매달린 훈장처럼
당당하게 웃는다
곧 단단해질 테니 걱정 말라는 듯이
이쯤의 변화는 당연하다는 듯이
너 따위가 뭘 알겠냐는 듯이

#속살

너의 이름

아, 그래
지나고 나면 온통 허무해 질 수도 있는 것들이라
그리 여기면서도
네게 나를 지켜보게 하고는 활짝 웃는다
기록을 남기는 것이나
이름을 지어 부르는 일들이
열심히 살아가는데 필요한
대체 그 무엇이냐 물으면 딱히 할 말도 없으면서
나는 그를 부르고
너를 부르고
가까이에 존재하는 그 모든 것들을 부르고
다시 되새겨지는 그 이름들에 취해서
곤고한 삶에 깃든 달콤한 맛을 본다
별 거 아냐, 이 生의 아이러니
넌 충분히 담아낼 수 있을 거니까
네게서 나를 보았으니까
우린 계속 함께 할 수 있을 테니까
나의 친구, 나의 연인, 나의 것

#외로움에게 2

이천십년팔월이십육일자정을지나 名.銘.

#외로움에게 3

#외로움에게 4

병원에서

환자복 위를 걸어 다니는 푸른 자음과 모음들은
늘 보던 글자들과 많이 다르다
책 속에서 읽혀지던 것들보다 더 딱딱하고
길거리에서 수다스러운 것들보다 더 우울하고
새로 장만한 최신형 전화기 속의 그것들 보다 더 낯설다
오늘로 사흘째, 이 미칠 것 같은 답답함에서 나를 꺼내고 싶다
'ㅁ'에서는 '마음'
'ㅈ'에서는 '자유'
'ㅂ'에서는 '밤'
'ㅇ'에서는 '영원'을 집어낸다
맞닥뜨리는 무엇에건 학자적인 태도를 갖추는 습관적 병증 앞을
암과 염과 골절, 포진과 같은 글자들을 매단 그들의 이야기가
본관 5층, 65병동에서 부터 별관 어딘가 까지 숨 가쁘게 달려간다
7살 어린아이가 기침으로 인한 고통을 고백하자 뇌수막염을 통고
받았다
아이는 고통 없이, 아니 짧은 고통을 겪어내고 오열하는 부모 곁을
떠났다

'ㅁ'에서는 '문'이

'ㅈ'에서는 '죽음'

'ㅂ'에서는 '분노'가

'ㅇ'에서는 '영혼'이 읽혔다

한때 내 집처럼 여기고 살았던 강변의 병원이 생각났다

그곳에서 나는 젊음과 시간을 담보로 잡히고 잠시 여유로웠었다

여름은 더웠고 가을은 쓸쓸했으며 겨울은 참혹했고

봄이 되어서야

비로소

웃을 수 있었다

'ㅁ'에서는 '몸'이

'ㅈ'에서는 '짐'이

'ㅂ'에서는 '벽'

'ㅇ'에서는 '우울'이 떠올랐다

어쨌거나 남의 염병은 내 고뿔만 못하다

우산 없는 귀갓길이 걱정스러워 슬쩍 창밖을 내다보고

간이 침대에 접혀진 이불을 펼친다

오늘은 자고 간다

'ㅁ'에서는 '모기'
'ㅈ'에서는 '잠'
'ㅂ'에서는 '비'
'ㅇ'에서는 '옷'이 보인다

누구나 그런 날이 있다

누구나 그런 날이 있다
무엇을 잘못한 건지
어디부터 꼬였는지
도무지 알 수 없는 날
생각은 어제에 멈춰 있고
시선은 무릎 아래에 머문 채
반성하고 싶지 않은 날
낳아준 부모가 밉고
헤어진 연인이 원망스러워
하소연하고 싶은 날
시간이 쌓이는 먼지가 되고
나날이 버려진 신문더미에 묻혀
흘러 흘러가도
홀로 서서 외로운 날
목표 없이 떠도는 날
아무도, 무엇도 보이지 않는 날

누구에게나 그런 날이 있다

自存

눈물이 차오르면 쥐어짜서 손등에 떨어뜨린다
절.대.로.
쏟아지게 내버려 두지 않는다
마지막 한 방울까지 흐르지 않게 조심조심
눈 속 깊은 곳까지 이르러 있는
실핏줄 같은 희망, 차마 놓을 수 없어
여태 붙들고 있던 그 꿈을
손등 위로 던져
흐르게 내버려 둔다
입술은 피가 나게 깨문다
턱을 떨지언정 입은 벌리지 않는다
손가락 끝에 매달려 있는 날카롭고 뾰족한 손톱이
나를 할퀸다
상처가 깊어도 다문 입술을 풀지 않는다
고집스럽다
눈은 부풀어 오르고
입술은 선홍색으로 아름답게 단장한다
삶의 부질없는 결과물이 되지 않게

모든 것을 추억으로

아름다운 추억으로 바.꾼.다.

지나간 것들은 그게 무엇이든 이미 없는 것이다

기억

어린 날 가슴을 울리던 책 속에서
얄밉게 코를 간질이는 은행잎 두 장
너는 내게 말한다
잠시 외면하더라도 잊지는 말아줘
그 날의 꿈과, 호흡과, 차고 넘침의 굴곡을
눈물과 함께 교차하던 눈빛을
무엇보다 따뜻했던 목소리를
지칠지언정 멈추지는 않겠다던 약속을

#동경

#골목길

봄꽃

저것들
낮은 둔덕을 휘청거리며
오수의 태양보다 더 빛나는 얼굴로
지나는 행인의 발목을 잡아 붙들어
겁 없이, 거리낌 없이 환하게 웃는다

나는 너에게
너는 나에게

활활 타오르는 꽃이었으면
벌어진 꽃잎 새로 숨어드는 벌이었으면
잊지 못해 찾아드는 저, 봄이었으면

너른 벌에 부끄럼 없이 서서
너를 안고 싶어

새초롬한 가지 끝

파란 잎들로는 만족치 못하고

벙긋벙긋한 입들을 삐죽거리며

부족하다고, 손 벌리며 소리 지르는 저것들

봄꽃, 피었다

겨울나무

여름 내 사랑하고 품었으면 무엇해
하룻밤 새 져버릴 것을
무슨 좋은 끝을 본다고
이렇게 우두커니 서서
바람이 찬데
곧 눈이 올 텐데
미련스럽다 소리나 듣지 않으면 좋으련만
태생이 붙박이이니 또 무슨 소용이 있어
명년 봄, 새 잎이 나면
그 또한 내 안에 있었으니
다시 사랑하고 아낄 수밖에
바람에 흔들리기는 했어도
쌓인 눈에 꺾여 부러지기는 했어도
내 뿌리는 땅 속 깊은 곳에서
튼튼하게 살아남아 있어

나는 겨울나무야

편지

길을 걷다 무심코 만나지는
동네 곳곳의 낮은 담을 타고 넘나드는
선홍빛 미소들
이슬 마르기 전 새벽 배웅 길에
당신 가슴에 얹어 주고 싶다고

꽃이 피고 지는 모양새는 매 한 가지라도
이만큼 살아낸 날들과
앞으로 더 살아갈 날들을 위해
그리고, 그래서, 그렇듯
당신이 가야 할 길을 비춰 주고 싶다고

그곳에나
이곳에나
바람은 바삐 지나가고
꽃은 어여삐 피고 지고
우리들의 아픈 겨울을 지나
우리들의 아름다운 봄으로

그리고, 그래서, 그렇듯

#공원에서

4학년이 되고 모든 것이 변했다

4학년이 되고
나는
형이 되고, 누나가 되고, 오빠가 되고, 언니가 되었다
이제 나는 코를 흘리면 안 되는 형
이제 나는 넘어져도 울면 안 되는 누나
이제 나는 화가 나도 발을 구르면 안 되는 오빠
이제 나는 내 것을 빼앗겨도 웃으며 양보하는 언니
받을 것은 없고 온통 줄 것들만 있는
그것이 되었다

3학년 때까지 내가 받았던 것들은 모조리 사라졌다

이제 나는 도망칠 수 없고
이제 나는 숨을 수도 없고
이제 나는
5학년이 되고, 6학년이 되고,
졸업을 하는 날만 기다리는, 그 날만 기다리는
4학년이 되었다

어른이 되었으니 어른답게
라고 사람들이 말한다
난, 아이였던 적도 없었는데

4학년이 되고 모든 것이 변했다
변한 것이 꼭 나쁜 것만은 아니다
다만
빨리 지나가버린 시간을 바라보다가
빈손만 남은
오늘이
내일이었으면, 모레였으면, 글피였으면
아직 멀었다 할 수 있다면
좋겠다 싶을 뿐

#아틀라스의손

나는 시를 보고

나는 내 시를 보고
지난날의 내 기록을 보고
기억나지 않지만 엄연히 일어났었던
그 어떤 사건들을 보고
읽고 또 읽고
보고 또 보고
때때로 머리를 두드리고
길게 한숨을 쉬기도 하고
슬쩍 웃기도 하면서
혀끝에 맴도는 추억을 맛보고

외장하드

손바닥만한 게
기껏해야 지갑만큼의 두툼함인 주제에
그 안에
내 모든 것이라 해도 좋은
이야기를, 노래를, 얼굴을 담고

저를 달래어 숨을 토해낼 수 있게 만들어주지 않으면
내가 나 일수 없을 거라 거만을 떨어

살다 보면 그렇지
이게 아니면 나는 버려지고
이걸 못하면 나는 쓰레기고
내가 나임을 증명하기 위한 수단을 넘어
나의 모든 것이 돼버리는 그 어떤 것

그래도 나는 살아 있는데
그래도 나는 웃고
그래도 나는 울고
그래도 나는 열심히 살고 있는데

내 무덤이 이렇게 좁을 줄 예전엔 미처 몰랐다 말하면서
내가 들어갈 자리를 내가 파고 있을 때가 있지

지나고 나면 웃겠지만
되살아나면 웃겠지만
오늘은
너를 박살내고 싶은 마음을 누르고
어찌하면 나를 찾을까 너를 달랠 궁리만

#바다 1

#바다 2

맨발

냉큼냉큼 새것에 길들여지지 못하는 천성 탓에
이리 저리 기운 양말
얼기설기 뒤엉킨 시간처럼 남루하고 헐거워진 틈
구멍을 비집고 고개를 내미는 부끄러운 내 발가락
숨기고 또 숨기고
그러다 어느 날 내 보인 내 속이
생각보다 허옇다는 깨달음
내 속에 있는 것들이
내 겉을 싸고 있는 것들보다
더 빛나고 있더라는 각성
차라리 맨발로 나섰으면 좋았을 길을
너무 멀리 돌아왔다 여기며
시원하게 벗어 던지고
걷
는
다

스물에게

스물에 나는 쉰이 너무 멀어서
계산은커녕 감도 안 잡혀
그런 나이가 있기는 한가 하다가
문득 엄마를 보고, 할머니를 보고
그런 때가 내게 올 것이라는 예측을 하면서도
설마 하며 웃었지
와도 지금은 아닐 것이고
와도 저런 모습은 아닐 것이라 여기고

눈 깜짝했나 싶은데
나의 스물은 너무 멀고 아득해
너도 나처럼 살겠지
언젠가 한숨을 쉬다가
문득 스물이 사라졌음을 깨닫고 어이없어지겠지

인생 혼자 사는 거다
제 밥그릇은 제가 챙겨야 한다
아무도 나를 대신해 살아주지 않는다
살아남는 자가 승리자다
이런 말은 무시하렴, 삶이 고단해지니까

사랑을 잡아, 밀쳐내지 말고
사랑을 잡았으면 놓치지 않게 잘 지켜, 까불지 말고
태어나줘서 고맙고, 나여서 고맙고
내 곁에 있어줘서 고맙다는 말을 들어
그 말만 들어, 그럼 행복해질 거야

#바다 3

#바다 4

#바다 5

흐린 날

내 마음에 비가 내리네
들여다 볼 수 있는 누군가도 없는데
멈추게 해 줄 수 있는 누군가도 없는데
그저 내리면서 멈출 줄을 모르네

슬픈 날엔 큰 소리로 웃으며 울었지
그래야 되었지
슬픈 날, 마음에 내리는 비를
더 큰 웃음으로 감추고 나서니

그의 마음에 내리는 비
저절로 알아지네, 환하게 보이네
그대 마음에 내리는 비
내 마음처럼 아프네

그에게도 그녀에게도
누구인지 모를 사람들에게도
가슴 속에 내리는 비가 있었네

우울분석

우울은 절망과 다르다
갑작스럽지 않고 무겁지도 않다
폭발하지 않으며 추락하지 않는다
점차적으로 가라 앉아 가늘지만 질긴 생명력으로
깊은 곳에 도사리고 앉는다
절망은 털고 일어설 수 있는 희망, 혹은 소망 같은
기대를 품어주기도 하지만
우울은 아무 것도 품지 않고, 아무 것도 잡지 않는다
천천히 이루어지는 느슨한 잠식은 자각능력을 퇴화시킨다
오늘 내가 우울한 것은
어제의 내가
그제의 내가
태초에 이르는 그 언젠가의 내가
뇌의 한 부분, 혹은 심장의 끝자락이
부서지기 시작한 것을
녹아내리기 시작한 것을 몰랐기 때문이다
알면서도 외면했기 때문이다
우울은 절망과 고독이 지닌 강한 힘을 동경한다

우울은 그것들처럼 괴팍하고 파괴적이지 못하다
무릎 꿇게 하지 않는다
즐길 수가 없다
우울은 딱 견딜 수 있을 만큼만 지루한 고통이다

자기반성

나이가 몇인가 세다가
몰랐던 일들이
아직도 이렇게 많은데
더 많은 일들을 어찌 버티나 하다가
주름은 부끄럽게 많아지고
거뭇거뭇한 그늘이 얼굴을 덮게 되고
무엇보다
쓸쓸한 날이, 쓸쓸한 날이 많아졌음에
지나간 시간을 묻고
남겨진 흔적을 지우고
더 버릴 것 없는 얼굴로
각자의 길
각자의 슬픔
각자의 모양대로

만나지거나, 혹은 스쳐가거나

#별들은숨어있다

나비의 춤

나는 이 긴 겨울을 참아낸다
지독하게 외롭다고 뇌까리면서
때로는 네가 버리고 간
그 얇디얇은 허울을 뒤집어써도 보지만
해가 파고들어 쪼개버린 내 심장이
너를 떠올리는 걸 원하지 않아

나는
너도 아니고
나도 아닌
이 독하고 질긴 파장을 피해
가볍게 날아오를 것이다
날아올라서 너를 밟고 설 것이다
나일 수도
너일 수도 있는
우리를 버리고

너무 뜨거워서 손짓도 녹겠지
너무 날카로워서 날개도 찢겠지
그래도 나는 날 거야
한 꺼풀을 벗어
또 한 줌의 눈물을 뿌리고
세상을 버리고
세상을 얻는
나도 아니고
너도 아닌

아름다운 노래가 될 거야
슬픈 시가 될 거야
가볍고 가벼운 날개로
나비의 춤을, 꿈을 출거야

#삶의 힘